Puedes consultar nuestro catálogo en www.picarona.net

No quiero... ir a la escuela
Texto: *Ana Oom*
Ilustraciones: *Raquel Pinheiro*

1.ª edición: febrero de 2017

Título original: *Não quero... ir à escola*

Traducción: *Lorenzo Fasanini*
Maquetación: *Montse Martín*
Corrección: *M.ª Ángeles Olivera*

Zero
A Oito
www.zeroaoito.pt

© 2012, Zero a Oito. Reservados todos los derechos.
Primera edición en 2012 por Zero a Oito, Edição e Conteúdos, Lda., Portugal
© 2017, Ediciones Obelisco, S. L.
www.edicionesobelisco.com
(Reservados los derechos para la lengua española)

Edita: Picarona, sello infantil de Ediciones Obelisco, S. L.
Collita, 23-25. Pol. Ind. Molí de la Bastida
08191 Rubí - Barcelona
Tel. 93 309 85 25 - Fax 93 309 85 23
E-mail: picarona@picarona.net

ISBN: 978-84-9145-030-6
Depósito Legal: B-24.630-2016

Printed in Portugal

No quiero...

ir a la escuela

Texto: **Ana Oom**
Ilustraciones: **Raquel Pinheiro**

ESCUELA

Picarona

Simón se despertaba siempre
de **mal humor**. Su cabello,
liso y castaño, parecía acompañar
a su estado de ánimo: cuando
se levantaba lo tenía de punta.
En casa no había ni peine ni cepillo
que pudiera arreglar su **cabello**.

En cuanto su papá
le despertaba, Simón decía:
—¡No quiero ir a la escuela!
Pero su papá no le hacía mucho
caso y, Simón, enfadado se arreglaba
y subía al coche.

9

El trayecto hasta la escuela
era un verdadero martirio,
Simón protestaba cada dos por tres:
— ¡Papá, me duele la barriga!
¡Quiero volver a casa!
— ¡Venga ya, no seas pesado!
—le contestaba su papá.
Sin embargo, Simón no
se rendía con facilidad:
— ¡Creo que hoy no va a venir
la profesora Inés!

Su papá sabía que
Simón seguiría intentando
convencerle, por eso a veces
ni siquiera le contestaba. Cuando
llegaban, le acompañaba hasta
la clase y él seguía insistiendo:
—¡Papá, por favor,
no quiero quedarme!

LISTA DE
**FIESTAS DE
ANIVERSARIO**
· ANA - 9 ENERO
· BRUNO - 3 MARZO

13

Acostumbrada a los **berrinches**
de Simón, su profesora Inés siempre
intentaba ayudarle y lo tomaba
en brazos. Y aunque él estiraba los brazos
hacia su papá, ella no lo soltaba.

Entonces, Simón, **desesperado** y
sin saber qué hacer, comenzaba a llorar.
Y lloraba tanto y con tanta fuerza,
que su papá seguía oyendo sus sollozos
hasta las puertas de la escuela.

Una mañana, cuando su papá
entró a despertarle, Simón no se quejó,
sólo dijo que no se encontraba muy bien.
Sin saber qué hacer, el papá le preguntó:
—¿Ya vas a empezar?
Pero Simón se quedó callado, algo
muy raro en él. Entonces, su papá pensó
que lo mejor sería no llevarle a la escuela.

Como su tía Alicia había
llegado el día anterior e iba a quedarse
con ellos unos días, su papá le propuso
lo siguiente:

—¡Está bien, hoy te quedas en casa
con tu tía y cuando te encuentres mejor
ya irás a la escuela!

Estas palabras bastaron para
que aquella mañana no hubiera llantos,
rabietas ni rechinar de dientes.

19

En cuanto su papá salió de casa, Simón bajó de la cama de un salto.

—¡**Qué bien**! ¡Por fin no voy a la escuela!

Pero a Simón el día se le hizo muy largo. Jugar con su tía no era lo mismo que jugar con sus **amigos**, y acabó aburrido y sin hacer nada especial.

Al día siguiente, después de las rabietas de siempre, la profesora Inés pidió a sus compañeros que le contaran a Simón qué habían hecho el día anterior.

—Aprendimos una **canción** sobre animales. ¿Quieres escucharla?

Y todos se pusieron a **cantar**. Era una canción muy divertida en la que se imitaban los sonidos de los animales: Pedro hacía de elefante, Raúl de león y Catalina de pajarito.

23

A continuación, fue Leonor
la que contó:

—¡También plantamos judías
en el huerto y celebramos el
cumpleaños de Andrea! ¡El pastel
estaba delicioso y hubo piruletas
y chicles para todos!

Raúl la interrumpió:

—Pero lo mejor de todo fue la «Gran carrera». ¡Gané yo! ¡Y hasta me dieron una medalla!

Simón no se lo podía creer. ¡Cuántas cosas divertidas! ¡Cuánto le hubiera gustado hacerlas! Sus amigos habían tenido un día estupendo en la escuela, y él, al fin y al cabo, no había hecho nada especial.

Su día en casa no había sido **nada divertido**.

A partir de aquel día, cada mañana, cuando su padre entra en la habitación para despertarlo, Simón se levanta deprisa, se arregla enseguida y antes de salir de casa, dice:

—¡Vamos, papá! ¡No quiero perderme nada de este maravilloso día de escuela!